I0457057

LES FRISSONS DU
BONHOMME DE NEIGE

HUMOUR NOIR: CONTES DE BONHOMME DE NEIGE

LES FRISSONS DU BONHOMME DE NEIGE

HUMOUR NOIR: CONTES DE LES BONHOMME DE NEIGE

Mark Leslie

Traduction française par Nikolette Jones

PUBLISHING

Stark Publishing
Waterloo, Ontario
www.starkpublishing.ca

Les Frisson due Bonhomme de Neige / Mark Leslie
Tradition française par Nikolette Jones
Mars 2023

Identifiants:
Canadiana 978-1-989351-97-0 (couverture souple)
Canadiana 978-1-989351-98-7 (livre numérique)

La Dédicace

Pour Madame Frost et Monsieur Fox
merci pour l'enseignement
et
Pour Miranda Mackie
avec appréciation et amitié

Table des matières

"Tophat"
Oeuvre originale réalisée par Nikolette Jones
www.nikolettejonesart.ca

IL A NEIGÉ HIER SOIR

Une Note de l'Auteur

Honnêtement, quand j'étais jeune, je n'avais jamais eu particulièrement peur des bonhommes de neige.

Je ne sais pas pourquoi parce que, toute ma vie, j'ai eu peur du monstre sous mon lit. Celui qui se cache dans mon placard et tous les fantômes et esprits que je connais se cachent partout où je me promène après la tombée de la nuit.

Mais les bonhommes de neige ne m'ont jamais donné la chair de poule.

Malgré le fait que, quand on y pense, les bonhommes de neige peuvent être assez effrayants. Regardez franchement comment ils sont construits. Quel genre de vie est-ce?

Un corps fait de trois boules de neige tassées empilées les unes sur les autres ? Quelques branches cassées pour les bras; ces yeux noirs de charbon, sombres et vides?

Pourtant, même si je n'ai jamais eu peur des bonhommes de neige, j'ai écrit à leur sujet - fasciné par l'idée d'un bonhomme de neige prennent vie, comme dans le chant de Noël classique que les enfants chantent joyeusement chaque année; mais, dans mon imagination, ce n'est pas toujours une expérience aussi joyeuse et magique que dans la chanson. Ma fascination pour les bonhommes de neige vient peut-être de mon enfance dans le nord du Canada (j'ai grandi à Levack, une petite ville au nord de Sudbury, en Ontario) - et nous avons eu de VRAI hivers là-bas, pas les pseudo hivers que j'ai maintenant dans le sud de l'Ontario. Les hivers au nord étaient longs, la neige abondante. Après l'école, j'ai vraiment aimé gambader dans la neige pendant des après-midi et des soirées qui semblaient durer éternellement.

Quand j'étais jeune, les bonhommes de neige n'étaient qu'une partie des merveilles hivernales du paysage enneigé naturel que je chérissais. Maintenant, cependant, j'ai tendance à jeter un coup d'œil prudent par-dessus mon épaule chaque fois que j'en croise un, en particulier lorsque je marche dans une rue sombre et déserte. . .

Mark Leslie
Avril 2021

Bonhomme de Neige Mangeant un Enfant
(Levack, Ontario January 2015)
Utilisé dans la conception de la couverture du livre Anglais
Photo par Mark Leslie Lefebvre

L'VIEUX CHAPEAU DE SOIE TROUVÉ

Le vent frais m'embrasse.

Peu à peu la sensation devient plus réelle. La brise, qui a commencé douce et légère, devient un froid intense et enveloppant.

Mais le froid ne me fait pas de mal - il m'apaise. Ça fait du bien, c'est même confortable.

Détendu dans l'obscurité, je me rends compte que mes yeux sont fermés… Mes yeux?! Qu'est ce que je dis?! … Je réalise, pour la première fois, que j'ai des yeux.

Alors que j'ouvre les yeux, je vois le monde à travers une lentille grise. Mais, malgré la brume grise floue, je peux distinguer un paysage blanc et des personnages au loin. Courant et cabriolant, leurs cris sont étouffés. Je peux à peine les entendre.

Je peux à peine voir, je peux à peine entendre.

Mais je suis vivant.

C'est une sensation incroyable - presque écrasante.

Je ne comprends pas vraiment qui, ou quoi, je suis, mais être en vie me fait du bien. Sachant que j'existe et que je peux sentir et ressentir est merveilleux.

J'essaie de bouger, mais je ne peux pas. Je regarde où devraient être mes jambes...

Non!

Je n'ai pas de jambes, juste une grosse masse ronde.

Je regarde mes côtés, où devraient être mes bras... Mes bras ne sont que des bâtons. Ils s'agitent inutilement dans le vent.

Qui m'a créé ? Qui m'a donné une existence si cruelle ? Était-ce ces enfants qui jouaient si joyeusement et sans soucis dans la neige ? Ça à du être eux. Ils sont les seuls autres ici.

Ne peuvent-ils pas voir quelle horrible créature ils ont créée ? Ne voient-ils pas quelle vie de torture ils m'ont donnée ?

«Hé!

Une voix grave m'appelle. Qui s'adresse à moi ? Certainement pas les enfants, car ils continuent de m'ignorer. En tout cas, la voix sonne bien différente... cette voix est beaucoup plus claire et plus proche que les voix étouffées des enfants. Mes yeux analysent le paysage.

«Hé! Toi ! Nouveau venu !

Enfin, mes yeux trouvent le propriétaire de la voix. À gauche, j'en vois un autre comme moi. J'en déduis qu'il est comme moi parce qu'il y a aussi une grande masse de neige blanche là où devraient se trouver ses jambes et ses pieds. Il est construit à partir de trois grosses boules empilées les unes sur les autres.

Il y a une écharpe étroitement enroulée autour de son cou. Je vois deux bâtons maigres comme le mien qui flottent dans le vent. Sur son visage, il a deux bossus sombres pour les yeux, un nez de carotte, et plusieurs petites pierres dans une ligne tordue qui forment un sourire terriblement ironique.

J'essaie de répondre, mais je suis incapable d'émettre un son.

«N'essayez pas de parler. Vous ne pouvez pas. Ils ne t'ont pas donné de bouche, dit l'autre.

Ils ne m'ont pas donné de bouche ?! Bras faibles, jambes manquantes, pas de bouche. Quelles créatures maléfiques ils semblent être ! Pourquoi s'embêter à me donner la vie si c'est pour être si torturé, alors ?

«Bienvenue au monde, Frosty.

Frosty? Est-ce mon nom ? M'ont-ils au moins donné un nom ? Je me demande, comment s'appelle mon compagnon ?

«En passant, je m'appelle aussi Frosty. Pour la plupart, nous nous appelons tous Frosty à un moment ou à un autre, s'ils prennent la peine de nous nommer. Je suppose que c'est censé être un drôle de nom pour un bonhomme de neige. Mais, dans le but d'individualité, vous pouvez m'appeler Oldtimer. Je suis en vie depuis longtemps. Pouvez-vous croire que j'ai déjà quatre semaines ? Bon sang, où le temps passe-t-il?

« Eh bien, puisque vous êtes nouveau, je vais tout vous expliquer. Mon Dieu, c'est si bon de pouvoir à nouveau parler à quelqu'un. Sais-tu que je suis seul maintenant depuis presque deux semaines ?

Soudain, un enfant court vers Oldtimer. «Hé! dit Oldtimer. «Arrête de me toucher!

Mais l'enfant se contente de rire et attrape son nez.

«YAAAAAAAAARGHHHH!

Le cri d'Oldtimer m'a coupé la tête comme un couteau. Je peux presque sentir sa douleur alors que l'enfant dégage son nez de son visage et s'enfuit en riant. Un autre enfant s'en aperçoit et, bouleversé, le poursuit, bien décidé à récupérer la carotte.

Oldtimer reste silencieux un moment. Je me demande s'il va bien. Je me demande s'il est encore en vie.

Je me demande s'ils nous donnent la vie juste pour nous torturer.

«Stupid petit gamin! Oldtimer gémit d'agonie. Sa voix est clairement angoissée. «Ça fait mal, mais ça ira. Ça ne peut pas être aussi mauvais que je l'imagine pour Sammy.

Sammy? Qui est Sammy?

«Sammy était mon dernier compagnon. Il se tenait à moins d'un mètre de là où tu es maintenant. Et si tu penses que je suis vieux, il était là depuis le début des temps. C'est lui qui m'a tout expliqué sur ce qu'était un bonhomme de neige signifie. Voulez-vous l'entendre ?

«Eh bien, puisque vous ne pouvez pas parler, alors vous ne pouvez pas objecter et vous allez devoir l'entendre.

«Si vous ne l'avez pas déjà deviné, les humains nous ont créés. Nous sommes créés simplement pour leur plaisir. D'après le peu que j'ai appris sur les humains, ils le font assez souvent. Ils créent toutes sortes de créatures simplement pour les utiliser comme bon leur semble. - et de s'en débarrasser de la même manière. Sammy m'a raconté des histoires d'eux élevant des créatures simplement pour les manger ou les garder comme ce qu'on appelle des animaux de compagnie. Je suppose que nous sommes comme des animaux de compagnie. Sauf, bien sûr, que nous ne pouvons pas faire grand-chose. Plus que de rester ici. Au moins, leurs autres animaux de compagnie ont la liberté de se promener. Vous voyez cette tache jaune en bas de mon côté droit ? C'est un petit cadeau de l'un de leurs animaux de compagnie appelé Spike.

«Quel culot, hein ?! Quel fiel. S'approprier automatiquement la propriété d'une autre espèce - créer un autre être vivant puis le détruire pour son propre plaisir.

Oldtimer redevient silencieux et c'est à ce moment que l'enfant qui avait couru après l'autre qui avait pris la carotte revient. Elle tient triomphalement la carotte en l'air. Elle s'approche d'Oldtimer et force la carotte dans son visage.

Il grogne douloureusement alors qu'elle le tord dans son visage abusé.

Puis la fille se tourne vers moi. Elle fronce les sourcils et, me regardant à travers la neige, penche la tête sur le côté. Ses lèvres bougent alors qu'elle dit quelque chose d'inaudible et elle avance.

Je n'ai jamais connu autant de peur, autant d'effroi. Elle vient vers moi avec détermination et je ne peux rien y faire. Je veux désespérément avoir la capacité de reculer et de me cacher, mais tout ce que je peux faire, c'est fermer les yeux et souhaiter pouvoir au moins crier.

Elle enfonce son doigt impitoyablement dans mon visage et je peux sentir une chaleur douloureuse me déchirer. Cela devient une sensation de brûlure - une sensation qui s'intensifie de plus en plus à chaque seconde qui passe. J'ai l'impression que ma tête va exploser dans un éclat de lumière blanche aveuglante.

Un cri, plus fort que celui d'Oldtimer il y a quelques minutes, résonne dans ma tête. Cela continue et continue jusqu'à ce que Oldtimer crie pour que le bruit s'arrête.

C'est moi qui crie?

Je me concentre pour essayer d'arrêter le bruit et, bien sûr, il s'arrête. J'ouvre les yeux et vois la petite fille me regarder et sourire. Elle ne me faisait pas de mal intentionnellement - elle faisait fondre la neige pour me donner une bouche.

«Merci, je lui dis, mais je vois qu'elle ne sait même pas que je parle. Elle commence à danser autour de moi et à chanter, mais ses paroles n'ont aucun sens. Sa chanson parle d'un bonhomme de neige joyeux et joyeux. Sa chanson me déconcerte. Comment un bonhomme de neige peut-il être joyeux ?

«Hé, dis-je à Oldtimer.

«Alors maintenant tu as une bouche. Je sais que ça a dû faire très mal, mais c'est une bonne chose que tu puisses parler. Sammy disait toujours qu'il était important pour nous de pouvoir parler.

«Pourquoi? je demande.

«Parce que nous avons une histoire à transmettre aux autres. Nous sommes créés et ne pouvons rien faire de notre existence. Mais si nous pouvons parler, alors au moins nous pouvons nous raconter des histoires. Nous avons donc une tradition orale à défendre. Nous transmettons des histoires spéculatives pour avertir les autres de ce qui va arriver.

De quoi venir ? De quoi parle-t-il?

Je dois demander, «Qu'est-il arrivé à Sammy?»

«Déchiqueté. En fait, il a été torturé. Mis en pièces par une bande d'enfants. C'était horrible de les voir faire, d'écouter ses cris. C'était, jusqu'à présent, la pire chose à laquelle j'aie jamais été confrontée – sauf, bien sûr, d'avoir été complètement seul ces deux dernières semaines.

Un cri étouffé interrompt le discours d'Oldtimer. Je vois un groupe d'enfants s'approcher de nous. La fille qui danse autour de moi les regarde nerveusement et s'enfuit dans la direction opposée. Alors que le gang approche, je reconnais le chef comme celui qui a arraché le nez d'Old-timer.

«Le voici, dit doucement Oldtimer, «Enfin, notre salut.

«Notre salut?! De quoi tu parles?!

Le premier des enfants arrive et donne un coup de pied dans un gros morceau de neige d'Oldtimer. Un deuxième enfant commence à donner des coups de poing. Un troisième enfant le déchire, arrachant d'énormes morceaux de neige du corps d'Oldtimer. Pendant tout ce temps, Oldtimer gémit et hurle de douleur.

C'est encore plus terrible que ce qu'il avait décrit.

Et il n'y a rien que je puisse faire. Je regarde autour de moi et vois, dans la direction où la fille a couru, un grand groupe d'enfants qui viennent par ici.

«Hé, Oldtimer! je crie, «Attendez! Je pense que l'aide est en route.

Il gémit pitoyablement : «A l'aide? Non. Non, s'il vous plaît. Je suis presque... libre.

«Qu'est-ce que tu racontes?!

Les coups de poing et de pied font voler la neige dans toutes les directions. Oldtimer essaie de parler entre ses cris, ses gémissements et ses grognements. «Si... tu penses... que c'est... une mauvaise façon... de mourir..., il s'arrête un instant, sa voix devenant un bourdonnement angoissé.

«Quoi?! j'exige, «Qu'est-ce qui pourrait être pire que ça?!

Je peux à peine le voir maintenant à travers les bras et les jambes agités des enfants sauvages. La petite fille et sa bande se rapprochent de nous maintenant. Ils crient quelque chose que je ne peux pas bien entendre. Arrive-ront-ils à temps pour sauver mon ami?

«Avant que Sammy ne meure... continue Oldtimer avec difficulté, «Il m'a parlé... de-, ses mots à nouveau engloutis par ses gémissements, «l'apocalypse...

«L'Apocalypse?

«Oui. La mort la plus lente... la plus douloureuse... que vous puissiez imaginer... quand tout... tout fond. Ils l'appellent... printemps. Priez simplement... que vous ne soyez pas là quand ..., Il prend une longue pause pour trouver la force d'invoquer ses derniers mots, «quand... le printemps viendra.

La deuxième bande d'enfants arrive, hurlant, chassant les autres avec un déluge de menaces et de boules de neige. Mais c'est trop tard. Alors que les derniers enfants sauvages fuient la région, j'aperçois Oldtimer. Il n'est plus qu'un tas de neige, quelques bâtons cassés, des cailloux et une écharpe.

Il a trouvé son salut.

Les enfants poussent et poussent le tas de neige qui était autrefois mon seul ami au monde. Ils m'ont brièvement prêté attention, mais juste assez pour placer l'écharpe d'Oldtimer sur mon cou. Ils discutent un peu puis me laissent à la solitude.

Le temps passe. Je ne peux même pas pleurer.

Je regarde nerveusement à travers les champs de neige. J'ai peur d'apercevoir des enfants au loin en train de commencer le rituel de la construction d'un autre bonhomme de neige condamné. Je ne pense pas que je serais capable de les regarder.

J'ai hâte que les enfants méchants reviennent. Je veux qu'ils m'écrasent comme ils ont détruit Oldtimer. Au moins c'était rapide. Je me souviens quand la petite fille m'a fait fondre une bouche et comment la sensation de brûlure était la pire que j'aie jamais ressentie. Je ne peux même pas imaginer à quoi ça ressemblera quand le printemps arrivera et je me fondrai lentement à rien.

Maintenant, tout ce que je peux faire, c'est rester ici et attendre, tandis que je me demande si la torture de la fonte sera bien pire que l'agonie de savoir maintenant que le printemps est inévitable.

"Oldtimer"
Oeuvre originale réalisée par Nikolette Jones
www.nikolettejonesart.ca

IDES DE MARS

Aujourd'hui je suis submergé par une empathie cruelle et incontournable.

C'était une journée type à la mi-mars. Le printemps arrivait doucement, comme un agneau, et toute la matinée le DJ de la radio me l'a rappelé à plusieurs reprises. Ses divagations répétitives étaient rendues encore plus redondantes par le fait que j'étais assis à mon bureau devant la fenêtre et que j'étais donc conscient du temps qu'il faisait.

Mais j'avais besoin de la voix du DJ comme compagnie pour me garder sain d'esprit.

J'avais été à mon bureau près de la fenêtre toute la matinée, en congé de maladie autoproclamé. Non, je n'étais pas vraiment malade, mais je devais remplir les formulaires fiscaux pour ma femme et moi, et si aucun de nous ne s'y mettait, ils n'auraient jamais fini. À la réflexion, j'étais peut-être malade. Sinon, pourquoi devrais-je me porter volontaire pour une telle tâche ?

Alors je me suis assis là tranquillement à étudier les chiffres et à écouter la station de radio jouer des chansons rétro populaires pendant que le soleil me réchauffait le visage. La température extérieure semblait être un peu plus chaude que zéro. Je pouvais le dire parce que les trottoirs auparavant glacés étaient maintenant couverts de flaques d'eau.

La neige restante était humide et collante à cause de la température plus douce. Charlie Fung, le fils de huit ans du voisin, terminait ce qui serait probablement son dernier bonhomme de neige de l'année.

Tout était normal. Tout était bien. Et, à l'exception des heures exténuantes que je devais passer à remplir des formulaires d'impôt en trois exemplaires qui me donneraient certainement des maux de tête, ce fut une journée agréable.

Puis soudain, un camion noir, un Range Rover je crois, est apparu au coin de notre rue et de la cinquième avenue. Il a fait une embardée spectaculaire et a pris un long et large virage dans l'allée double que nous partagions avec les Fung.

Deux silhouettes étaient assises sur le siège avant du véhicule, mais il était difficile de les voir à travers l'éclat du soleil sur le pare-brise. J'étais certain qu'au moins le conducteur était ivre par la façon dont il avait conduit le véhicule. Cela m'a bouleversé qu'il soit à peine midi et qu'il y ait déjà des gens qui conduisent en état d'ébriété sur la route, mettant des vies en danger. Je n'avais jamais vu ce camion auparavant et je me demandais quel lien ces ivrognes pouvaient avoir avec les Fung, qui étaient des voisins très prudents, paisibles et calmes.

Les deux silhouettes sortent du camion en trébuchant, confirmant mes soupçons sur leur ivresse. Leur sens de la mode était également mauvais. Ils étaient grands et en surpoids et portaient de longs manteaux beiges volumineux avec des pantalons de neige bleus amples. Sur la tête, ils portaient des chapeaux de laine à longs bords souples qui cachaient leurs visages dans l'ombre.

Ensemble, ils se dirigent vers Charlie, qui les regarda nerveusement devant son chef-d'œuvre récemment créé. Le conducteur a atteint le garçon en premier. Il attrapa Charlie par l'épaule et le jeta dans la neige.

Voyant cela, je bondis de mon bureau et courus à travers le salon, dans la cuisine et descendis les marches jusqu'à la porte d'entrée. J'ai couru dehors et j'ai trouvé Charlie assis dans la neige, pleurant silencieusement, tandis que les deux hommes emportaient le bonhomme de neige.

Quand Charlie m'a vu, il a commencé à gémir à haute voix et je me suis précipité vers lui pour vérifier s'il allait bien.

"Ils m'ont poussé !" cria-t-il : « Ils m'ont poussé ! Ils m'ont poussé ! » Il a répété cette déclaration continuellement, de plus en plus fort. Pendant un bref instant, je me suis demandé s'il pouvait être lié au DJ à la radio qui m'avait tenu compagnie toute la matinée avec ses mots répétitifs et redondants.

Assuré que Charlie n'était pas blessé, seulement effrayé, j'ai tourné mon attention vers les deux étrangers. Je les ai regardés alors qu'ils mettaient le bonhomme de neige de Charlie à l'arrière du camion où cinq autres bonhommes de neige étaient assis.

Ma bouche s'ouvrit de surprise alors que je restais là à les regarder.

Voler des bonhommes de neige aux enfants ?

Quel genre de fous et de déséquilibrés voleraient des bonhommes de neige ? Ce monde devenait de plus en plus ridicule chaque jour qui passait.

J'ai approché les étrangers. Ils me tournaient le dos. «Hé toi, dis-je en posant ma main sur l'épaule du chauffeur. «Qu'est-ce que tu fais . . .

J'ai arrêté de parler.

Son épaule était douce et froide, et ma main s'y enfonça facilement lorsque je la touchai.

Il s'est tourné pour me faire face, de grands yeux noirs me fixant... mais attendez... non... ce n'étaient pas des yeux.

C'étaient des morceaux de charbon.

Et sa peau était d'un blanc pâle, rien de plus que de la neige. Il transpirait abondamment... non, pas transpirant... fondant. Son visage fondait, et il continuait à changer de forme devant moi, l'eau coulant sur son visage boueux, son nez de carotte commençant à s'affaisser.

Il m'a dit quelque chose. Eh bien, au moins, il a essayé de dire quelque chose, car son visage fondant semblait sans bouche. Ses mots sont sortis comme un avertissement étouffé que je ne pouvais pas comprendre.

Puis, tout d'un coup, il a atteint mon visage et il m'a poussé - fort. Sa main était humide et boueuse. J'ai immédiatement ressenti une sensation de froid et un goût amer dans ma bouche et sur ma langue - semblable à un coup de Novocaïne du dentiste - et j'ai réalisé que j'avais dû manger quelques-uns de ses doigts. La sensation d'engourdissement par le froid coula immédiatement au fond de ma gorge.

J'ai trébuché en arrière et, me sentant engourdi et confus, je suis tombé sur mes fesses.

J'étais assise là dans la neige, calme et les yeux écarquillés avec la même expression que Charlie avait eue quand je suis sortie de la maison. J'ai regardé les étrangers gelés grimper à nouveau dans la cabine du camion. Ils ont reculé hors de l'allée, se sont écrasés contre un poteau téléphonique de l'autre côté de la rue, ont mis le camion en marche avant et ont disparu au coin de la rue.

Je ne sais pas d'où viennent ces sinistres bonhommes de neige, mais je sais certainement où ils se dirigent.

Nord.

Au début, je ne comprenais pas les mots marmonnés que le chauffeur m'avait dit, mais je pense que je les ai compris. C'était un gémissement désespéré et guttural, un avertissement, prononcé de la même manière précipitée que Chicken Little a dû bêler : « Le ciel tombe ! Le ciel tombe!" dans le conte classique de Henny Penny.

Je crois que le mot que le bonhomme de neige essayait de prononcer était : Printemps.

Le printemps.

Simplement une saison pour nous. Mais pour un bonhomme de neige, c'était la fin du monde.

Quels qu'ils soient, quelle que soit leur origine, Frosty et son ami se dirigeaient vers le nord, de la même manière que les oiseaux migraient vers le sud pour l'hiver, et ils emmenaient avec eux autant de leurs propres espèces qu'ils pouvaient en rassembler. Ils fuyaient la saison apocalyptique du printemps.

Je me demandais s'ils y arriveraient.

Peu de temps après avoir escorté Charlie jusqu'à son domicile et expliqué la situation à ses parents – laissant de côté le fait que les voleurs étaient eux-mêmes des bonhommes de neige – je suis revenu à l'intérieur et me suis assis à nouveau à la fenêtre.

Assis ici, la lumière du soleil sur mon visage et la sueur coulant sur mon front, je commence à me poser des questions sur autre chose.

Le printemps arrive comme un agneau, une journée fraîche et douce. Mais depuis que j'ai avalé la peau gelée du bonhomme de neige animé, l'engourdissement a continué à se répandre dans tout mon corps. Et je suis devenu de plus en plus mal à l'aise dans la chaleur. Je continue de vérifier la température parce qu'elle semble plus chaude que cent degrés - mais elle n'est en réalité que de trois degrés au-dessus de zéro.

Je baisse les yeux et vois les flaques de sueur épaisse et charnue qui ont coulé sur mon bureau, sur les formulaires fiscaux.

Et je me demande si je serais capable de retrouver ces bonhommes de neige.

Je me demande s'ils m'emmèneraient avec eux.

Les impôts, Charlie, ma femme... aucun d'entre eux ne me semble important maintenant.

J'aimerais juste me diriger vers le nord et passer le reste de mes jours debout dans un champ arctique désert, à me prélasser dans les températures glaciales.

"Hood"
Oeuvre originale réalisée par Nikolette Jones
www.nikolettejonesart.ca

BROSSER LA NEIGE

L'histoire des Frissons

S i vous n'aimez pas comprendre l'histoire derrière l'histoire ou si vous n'aimez pas "voir les ficelles" derrière la pièce ou si vous ne regardez absolument jamais les reportages spéciaux sur un DVD où vous pouvez écouter les commentaires du réalisateur, des acteurs, écrivains, etc., alors je vous suggérerais de vous arrêter ici. Je doute que vous appréciez ce qui va arriver.

Mais je tiens à vous remercier d'être venu si loin avec moi. J'espère que vous avez apprécié votre expérience et que les frissons amusants de ces deux contes de bonhommes de neige ne vous ont pas dérangé et que vous êtes curieux de découvrir davantage de mon travail. J'ai plusieurs autres nouvelles et quelques livres disponibles en format eBook, imprimé et audio. One Hand Screaming, par exemple, est une plus grande collection de courtes histoires de fiction d'un style sombre similaire à Twilight Zone ou Black Mirror qui comprend également ces deux contes. Bumps in the Night et ma série de collections Nocturnal Screams sont, comme celle-ci, plus courtes et ne contiennent que trois ou quatre histoires sur un thème.

Cependant, si vous êtes quelqu'un qui est prêt à marcher avec l'auteur et à écouter certains des détails derrière la création des histoires et des poèmes qui apparaissent dans ce recueil, alors venez avec moi pour une brève escapade. Il y a une belle couverture de neige fraîchement tombée et la lumière de la pleine lune projette une belle lueur magique. Prenez votre manteau, votre chapeau et vos mitaines. Laissez-moi vous divertir avec des contes pendant quelques minutes de plus.

Mais, rends-moi service et garde les yeux ouverts pour surveiller l'une de ces sentinelles enneigées silencieuses que nous pourrions croiser, si cela ne te dérange pas?

L'Vieux Chapeau de Soie Trouve
Publié pour la première fois (in English as "That Old Silk Hat They Found") dans Strange Wonderland #1, mars 1997

Ides de Mars
Publié pour la première fois (in English as "Ides of March") dans **One Hand Screaming**, octobre 2004

L' vieux Chapeau de Soie Trouvé est l'un de ces contes qui a été entièrement inspiré par une histoire que j'ai déjà écrite: *Ides de Mars*. C'était au début des années 1990, lorsque je vivais à Ottawa, et j'ai entendu un bulletin d'information à la radio qui parait d'un homme, qui vivait quelque part dans le sud des États-Unis, qui avait été abattu par quelqu'un qui avait volé son bonhomme de neige.

C'était un reportage rapide et court, mais il m'a fasciné.

Je me demandais quel genre de personne tirerait sur une autre personne pour lui voler son bonhomme de neige.

Et puis il m'est venu à l'esprit : une personne qui pensait peut-être qu'en volant le bonhomme de neige et en les amenant au nord vers un climat plus froid, il pourrait les aider à échapper au printemps et à ce qui serait une mort certaine.

Ce serait un peu comme un écologiste ou un amoureux des animaux qui risquerait sa propre vie pour sauver un bébé phoque d'une situation dangereuse.

Mais ce n'était toujours pas suffisant, je pensais, pour le rendre vraiment intéressant. Donc l'idée est restée dans mes pensées au fond de mon esprit.

Quelques jours plus tard, une autre idée m'est venue.

Et si « l'homme » qui a volé le bonhomme de neige était en fait un bonhomme de neige lui-même – en mission pour sauver le plus grand nombre possible de son espèce ?

J'ai écrit l'histoire et l'ai appelée *Ides de Mars* (le 15 mars étant une date non seulement considérée comme une journée omnieuse grâce à l'avertissement donné à Jules César, mais aussi une période où le temps printanier plus chaud est susceptible de s'intensifier - en particulier à l'arrière dans les années 1990 à Ottawa, qui a également connu le type de vrais hivers intenses que j'ai appréciés dans la région de Sudbury).

Cette histoire a été racontée du point de vue d'un homme d'âge moyen en train de faire ses impôts. L'histoire commence alors qu'il voit, par la fenêtre, deux hommes costauds en vestes longues pousser le gamin du voisin pour lui voler son bonhomme de neige. Quand j'ai écrit le conte pour la première fois, je l'ai aimé, mais je ne l'ai pas assez aimé. Je l'ai écrit et je ne l'ai envoyé qu'à contrecœur à quelques marchés, avant de le reléguer à ma propre "pile de fondante" personnelle (oui, dans ce cas, le jeu de mots est complètement intentionnel).

Après une courte période de temps, j'ai envisagé de réécrire l'une des prémisses du conte.

L'idée d'associer le printemps à L'Apocalypse m'intriguait toujours ; cette fois, cependant, je l'ai fait du point de vue du bonhomme de neige.

Lorsque j'ai commencé à écrire le conte, j'ai écrit le personnage du bonhomme de neige en tant que narrateur solitaire et sensible, et sa voix a commencé à prendre forme dans l'histoire, décrivant ce que c'était que de se réveiller et de réaliser que vous êtes un bonhomme de neige.

Inspiré en partie par le monstre de Frankenstein, qui n'a pas demandé à «naître» et en partie en voulant faire une déclaration sur le complexe général de Dieu auto-imposé de l'humanité, j'ai maintenu ce fil de pensée et j'ai examiné les questions suivantes :

À quoi cela ressemblerait-il d'être un bonhomme de neige?

Comment un bonhomme de neige pensait-il et ressentait-il sa situation?

À quoi ressemblerait leur «vie» et quelle serait la «durée de vie» attendue?

Quelles histoires raconteraient-ils?

Culturellement et anthropologiquement parlant, quelles légendes de la Genèse et de l'Armageddon se transmettraient-elles?

Ces questions m'ont conduit au raisonnement selon lequel Spring et les humains cruels qui ont égoïstement créé cette "vie" étaient les véritables ennemis alors que le narrateur faisait face à ses peurs les plus sombres.

J'aime le titre car, au début, il évoque la mystique joyeuse et innocente de la chanson pour enfants *Frosty the Snowman*, mais il prend un ton grave pour le lecteur lorsqu'il rencontre une expérience plus réaliste et sombre si un bonhomme de neige prend vie dans la réalité.

Après avoir fini d'écrire cette histoire et l'avoir publiée à la fin des années 1990, j'étais plutôt content.

Mais je n'étais pas pleinement satisfait.

Mes pensées ont continué à revenir à la pensée de quelqu'un voulant réellement voler un bonhomme de neige.

J'ai donc regardé *Ides de Mars* et revu la fin de l'histoire, basée sur l'idée que j'avais utilisée dans *L'Vieux Chapeau de Soie Trouve* de m'être mis du point de vue du bonhomme de neige... Mais... J'ai déterminé que ce n'était pas tout à fait suffisant pour mon narrateur d'avoir simplement été témoin de cet événement étrange. Non. Je sentais qu'il avait besoin de vivre l'horreur lui-même. Quelque chose devait se produire pour qu'il ne se contente pas de sympathiser avec le problème des bonhommes de neige et leur peur du printemps imminent - il devait en faire l'expérience lui-même.

Ainsi, j'ai réécrit le conte avec la fin qu'il a maintenant. Le narrateur ressentant pleinement la terreur de savoir qu'il fondra s'il ne se rend pas dans un climat plus chaud dès que possible.

Lorsque ces histoires ont été initialement republiées dans mon livre, *One Hand Screaming* à l'automne 2004, j'ai reçu de nombreux commentaires positifs de lecteurs me disant qu'ils avaient vraiment apprécié "les contes de bonhommes de neige". Les gens me contactent encore maintenant pour parler de ces deux histoires.

Je suis également allé dans les salles de classe et j'ai lu "Ce vieux chapeau de soie qu'ils ont trouvé" aux élèves - et c'est l'un de mes contes préférés à lire lors de lectures publiques.

L'histoire est disponible en format audio via un podcast que j'ai publié intitulé "Prelude to a Scream" - il apparaît dans l'épisode 5.

J'ai longtemps pensé que j'avais encore beaucoup d'histoires de bonhommes de neige en tête. L'idée d'écrire une histoire de bonhomme de neige ressemblant à un zombie circule toujours, tout comme les images de bonhommes de neige … probablement le résultat de la lecture de trop de dessins animés de Calvin et Hobbes, de bonhommes de neige rassamblant leur propre armée de bonhommes de neige.

J'ai écrit une autre histoire de bonhomme de neige; mais la seule horreur dans l'histoire était qu'il s'agissait du suicide d'un adolescent. L'histoire, *Impression dans la Neige* raconte l'histoire d'une adolescente qui est sur le point de mettre fin à ses jours lorsqu'elle voit quelque chose d'impossible. Un bonhomme de neige de son enfance. Oui, alors que ce conte implique un bonhomme de neige sensible, c'est une histoire résolument différente; un d'angoisse et, finalement, d'espoir. Il a été publié en 2016 dans une anthologie intitulée *Fiction River : Sparks from WMG Publishing* (qui est disponible en format papier et eBook) et c'est un conte dont je suis assez fier.

J'écrirai probablement plus d'histoires de bonhommes de neige un jour - et je suis presque sûr que je m'amuserai autant qu'avec ces deux premiers contes de bonhommes de neige.

En tout cas, merci de m'avoir rejoint dans cette promenade et cette conversation à sens unique.

Le vent commence à se refroidir. Je suis sûr qu'à l'intérieur, il y a une tasse de cidre chaud ou une tasse de cacao chaud qui vous attend.

J'espère qu'un autre soir tu me rejoindras pour une autre promenade.

Jusque-là, merci d'être venu et nous vous parlerons bientôt.

Mark Leslie

"Snowman in Woods"
Oeuvre originale réalisée par Nikolette Jones
www.nikolettejonesart.ca

LES SCULPTURES DE NEIGE ANTHROPOMORPHES

Une brève histoire des bonhommes de neige

Bien que je doute qu'il ait besoin d'une explication, en raison de ses traits ou caractéristiques humains, on pourrait décrire un bonhomme de neige comme une sculpture de neige anthropomorphe.

Ces sculptures, généralement composées de trois grosses boules de neige roulées et empilées les unes sur les autres, la plus petite au sommet représentant la tête de la créature, sont souvent construites par des enfants dans des régions du monde particulièrement enneigées.

De nombreux accessoires sont utilisés afin de mieux définir ces créatures congelées, dont les plus courantes comprennent d'autres objets tels que des bâtons pour les bras, des pierres (ou des morceaux de charbon) pour les yeux et la bouche, qui sont également utilisés dans une rangée verticale vers le bas la poitrine du bonhomme de neige pour représenter les boutons. Il y a souvent un bâton ou une carotte pour le nez, une écharpe d'hiver enroulée autour du cou et une tuque ou un chapeau haut de forme sur le dessus de la tête.

Semblables aux personnages de dessins animés classiques, Donald Duck ou Winnie The Pooh, les bonhommes de neige ne reçoivent souvent pas de pantalon, ni même la représentation d'un pantalon.

Bien que l'histoire réelle du bonhomme de neige ne soit pas claire, l'une des premières preuves de l'existence de bonhommes de neige apparaît dans une photographie de 1853 du Pays de Galles.

The Snowman No. 2 - Mary Dillwyn (Llyfrgell Genedlaethol Cymru / The National Library of Wales from Wales/Cymru)

Dans son livre **The History of the Snowman**, l'auteur Bob Eckstein a cité des illustrations, des gravures sur bois et des représentations artistiques de bonhommes de neige de l'époque médiévale. La première apparition illustrée d'un bonhomme de neige qu'il a trouvée provient d'un livre de prières de dévotion chrétienne de 1380, appelé *A Book of Hours*.

L'illustration semble être une interprétation étrangement antisémite d'un bonhomme de neige juif fondant à côté d'un feu. Il apparaît à côté d'un passage de texte qui décrit la crucifixion de Jésus.

En 1511 à Bruxelles, les bonhommes de neige étaient utilisés comme moyen de protestation. Pendant ce qui a été décrit comme «l'hiver de la mort», une période particulièrement misérable où des températures glaciales ont persisté dans la ville pendant de nombreux mois, le gouvernement a décidé de créer un festival de bonhommes de neige pour éclairer les esprits de la population.

En réponse, des citoyens artistiques découragés ont créé des caricatures audacieusement graphiques de dirigeants et de citoyens riches et éminents; ils ont également jonché la ville de sculptures pornographiques faites de neige.

Bien sûr, il y avait aussi des bonhommes de neige construits pour des raisons positives et romantiques. La chanson de 1934, *Winter Wonderland* (écrite par Félix Bernard et Richard B. Smith) est souvent considérée comme un chant de Noël qui, en raison de son thème saisonnier, implique un couple profitant d'un paysage enneigé et créant un bonhomme de neige qu'ils nomment "Parson Brown" et imagine qu'il peut officier leur mariage tout de suite.

La chanson de bonhomme de neige la plus connue, et celle à laquelle je me réfère le plus dans mon conte, *L'Vieux Chapeau de Soie Trouve* dans cette collection, est peut-être *Frosty the Snowman*, qui a été écrite par Walter «Jack» Rollins et Steve Nelson en 1950.

La chanson *Frosty*, qui a été interprétée pour la première fois par Gene Autry, a été écrite en réponse à l'énorme succès d'une autre chanson d'Autry l'année précédente, *Rudolph, The Red-Nosed Reindeer*.

En 1950, un court métrage d'animation en noir et blanc de 3 minutes a donné vie au **Frosty** de cette chanson. Ce film pour enfants présentait une interprétation acapella de style jazz de la chanson classique, et il a été diffusé sur WGN-TV, basé à Chicago, comme un favori saisonnier régulier. Il a joué comme un court métrage dans diverses émissions pour enfants telles que *The Bozo Show*, *Garfield Goose* et *Ray Rayner and His Friends*.

Rankin/Bass Productions a utilisé les talents vocaux de Jimmie Durante (Narrateur), Billy De Wolfe (Professeur Hinkle), Paul Frees (Santa), June Foray (Karen) et Jackie Vernon (Frosty) pour créer une télévision animée en couleur de 25 minutes, une filme spécial qui perdure comme un favori annuel des enfants et des adultes.

Trois suites à la spéciale originale ont été créées. *Frosty's Winter Wonderland* (1976), qui est lié à la chanson du même nom, voit Frosty se marier. *Le Noël de Rudolph et Frosty,* en juillet (1979), réunit Frosty et Rudolph dans un conte d'arrêt-animation, similaire à la technique «Animagic», utilisée pour faire l'émission spéciale *Rudolph le Renne au Nez Rouge*. En 2005, *The Legend of Frosty the Snowman* est sorti et n'est que vaguement basé sur l'histoire originale et n'a aucun lien ou mention narrative des vacances de Noël.

Une histoire complètement autonome mettant en vedette le talent vocal de John Goodman (Frosty) et Jonathan Winters (narrateur) a été créée en 1992. Intitulée *Frosty Returns*, elle est censée être une suite de la chanson originale et se déroule dans un univers fictif entièrement différent des autres histoires.

Outre les variantes très populaires de *Frosty the Snowman*, les bonhommes de neige de la culture populaire sont également apparus de certaines des manières suivantes:

- *The Snowman* est un livre illustré pour enfants de l'auteur britannique Raymond Briggs sur un garçon qui construit un bonhomme de neige qui prend vie et l'emmène dans une aventure au pôle Nord.
- Olaf, le bonhomme de neige du film d'animation *Frozen* de 2013 qui aspire à vivre l'été. La partition musicale du même film comprend également la chanson *Do You Want to Build a Snowman?*
- Deux films de bonhommes de neige résolument différents nommés *Jack Frost*. Le premier, un conte d'horreur de 1996 avec un tueur en série qui se transforme en bonhomme de neige. Le second, un film de 1998 dans lequel l'acteur Michael Keaton incarne un homme qui, après un accident de voiture, se réveille en bonhomme de neige.
- Plusieurs exemples différents du garçon de bande dessinée Calvin de la bande dessinée *Calvin et Hobbes* de Bill Watterson créant des sculptures de bonhommes de neige anormaux, amusants et

souvent sombres. La collection de 1992 des dessins animés de Watterson intitulée *Attack of the Deranged Mutant Killer Monster Snow Goons* présente l'une des séquences de Calvin créant une version de style Frankenstein's Monster d'un goon des neiges sur la couverture.

- Le livre d'images pour enfants imaginatif et amusant de 2005 *Snowmen at Night* écrit par Caralyn Buehner et illustré par Mark Buehner qui explore les jeux et les activités que les bonhommes de neige font la nuit quand personne ne les regarde. Il a été suivi par les créateurs avec *Snowmen at Christmas* (2005), *Snowmen All Year* (2010), *Snowmen at Work* (2012) et *Snowmen at Halloween* (2019).

- Depuis 2005, à Anchorage, en Alaska, un résident local (Billy Powers) a érigé un gigantesque bonhomme de neige appelé Snowzilla sur la cour avant de sa propriété. La première année, le bonhomme de neige, qui comportait une pipe en épi de maïs, un nez de carotte et deux bouteilles de bière pour les yeux, mesurait 16 pieds. En 2006, il mesurait 22 pieds de haut. En 2008, la hauteur du bonhomme de neige était de 25 pieds.

- Le plus grand bonhomme de neige jamais enregistré au monde appartient à la variété féminine et a été créé en 2008 dans le Maine. Dans la ville de Bethel, la femme de neige créée mesurait 122 pieds et 1 pouce et a été nommée en l'honneur du gouverneur de l'époque, Olympia Snow. Le précédent record a été établi dans la même ville en 1999 pour un bonhomme de neige qui mesurait 113 pieds 7 pouces et était surnommé Angus, le roi de la montagne d'après le gouverneur de l'époque nommé Angus King.

- À London, Ontario, Canada, à l'Université de Western, Ontario (UWO), le plus petit "bonhomme de neige" enregistré (au moins en forme, sinon en composants structurels) a été créé dans une nano-fabrication en 2016, en utilisant environ 0,9 micron des sphères de silice, des bras et des jambes en platine et un faisceau d'ions pour le visage.

Peut-être que nous aimons le concept de bonhommes de neige ayant des traits, des caractéristiques et des sentiments humains parce qu'ils sont des représentations simplifiées et moins complexes de nous-mêmes.

Comme je l'ai exploré dans les deux histoires de cette collection, ils, comme nous, ne sont là que pour un temps limité. Et, puisqu'il est plus facile de réfléchir à sa propre mortalité en regardant autre chose qui est plus facile à conceptualiser (la "durée de vie" d'un bonhomme de neige peut être vue presque en un coup d'œil, après tout, plutôt qu'une vie humaine typique, qui s'étend sur des décennies).

Dans un autre de mes contes de bonhommes de neige les plus récents, *Impressions dans la Neige*, paru dans Sparks (numéro 17 de la série d'anthologies *Fiction River*, celle-ci éditée par Rebecca Moesta), ma rencontre est entre un adolescent suicidaire et un bonhomme de neige. Bien qu'il s'agisse d'un conte sombre, il n'y a pas d'humour. J'utilise leur relation unique pour faire ressortir un élément spécifique de l'humanité ainsi que pour mettre en évidence un problème trop courant chez les adolescents. Le bonhomme de neige est peut-être simple, mais il est sage à d'autres égards. On se voit en bonhommes de neige. Nous nous créons en bonhommes de neige. Après tout, en tant que créatures anthropomorphes, les bonhommes de neige, c'est nous.

Sources et plus d'informations :

https://en.wikipedia.org/wiki/Snowman
https://allthatsinteresting.com/history-of-snowmen

BONHOMME DE NEIGE
FRISSONT CHAPBOOK

Une histoire brève de ce chapbook

Le chapbook *Les Frissons du Bonhomme de Neige* a été publié à l'origine sous forme de livre électronique et visait à mettre l'accent sur un thème particulier dans mon écriture.

J'expérimente constamment différentes formes et conceptions en utilisant différents formats.

Par exemple, le chapbook *Active Reader* était à l'origine un livre que j'ai assemblé rapidement lorsque je travaillais à la librairie de l'Université McMaster. Nous avions une *'Espresso Book Machine'* dans notre magasin. (Une *'Espresso Book Machine'*, ou EBM en abrégé, est une petite machine à peu près de la même taille qu'un photocopieur industriel, qui peut imprimer et relier un livre de poche commercial directement sur place en environ dix ou quinze minutes.

J'étais l'opérateur en chef et le propriétaire de l'EBM et je voulais créer un petit livre à utiliser pour tester différents types de papier et d'autres éléments sur la machine. Donc, au lieu d'imprimer un livre de 300 pages (ce qui prendrait beaucoup plus de temps), je voulais quelque chose qui faisait peut-être 30 ou 40 pages - assez pour que la colle repose sur le dos du livre, mais assez petite pour ne pas gaspiller autant de papier et d'encre.

Ce livre s'est transformé en ePub - un chapbook électronique - un an ou deux plus tard, alors que je continuais à expérimenter dans le domaine des livres électroniques (en reconnaissant que la taille et la longueur des livres électroniques peuvent encore varier).

Les Frissons du Bonhomme de Neige a été créé à l'origine en 2011 sous la forme d'un livre électronique. Il a été répertorié et au prix de 0,00 $ sur tous les sites en ligne qui autorisent les livres électroniques gratuits (*Amazon* n'autorise pas ce prix, et il n'est donc gratuit que dans les territoires où ils ont égalé les prix avec d'autres détaillants - sinon il pourrait être répertorié à 0,99 $) . Il était destiné à être utilisé comme échantillon afin d'inciter les gens à consulter mon livre plus long de contes courts, *One Hand Screaming*, qui était disponible sous forme imprimée et électronique.

L'eBook a reçu de nombreuses critiques positives et ces deux histoires de bonhommes de neige sont celles pour lesquelles les lecteurs m'ont envoyé le plus de commentaires et d'e-mails.

Quand je fais des lectures en direct, *L'Vieux Chapeau de Soie Trouvé* est l'un des préférés du public. C'est assez court pour que je puisse lire l'histoire en entier. De plus, c'est drôle et obtient la meilleure réaction du public. J'ai lu l'histoire à la fois pour un public adulte et pour un public d'enfants, car c'est l'un des contes les plus sûrs que je puisse lire à un jeune public.

J'ai même révisé le sous-titre (et la couverture) après avoir lu une critique qui m'a aidé à réaliser que j'avais déformé le livre.

Le sous-titre original était *Scary Snowman Tales*.

Cependant, les contes ne sont pas vraiment effrayants. Ils suscitent la réflexion et contiennent de l'humour noir.

Et bien que l'image de couverture originale ait invoqué un paysage froid et enneigé, elle n'avait même pas de bonhomme de neige.

Donc, je l'ai amélioré pour le titre plus approprié de *Les Frissons du Bonhomme de Neige: Humour Noir- Deux Contes de Bonhomme de Neige*.

Et j'ai aussi changé l'image de couverture en ajoutant une photo que j'ai prise il y a quelques années dans la rue où vit ma mère à Levack, Ontario, la ville natale où j'ai grandi.

Le nouveau sous-titre et la couverture font un bien meilleur travail pour informer le lecteur potentiel de ce qu'il obtient.

Cet eBook révisé est le résultat d'un autre test de nouveau format ainsi que d'une chose intéressante qui s'est produite à l'été 2019.

En juin 2019, je dédicace mes livres dans une librairie de Cambridge, en Ontario. Pour l'événement multi-auteurs, j'avais apporté quelques-uns de mes titres que le magasin tenait en consignation. L'un des livres imprimés que j'avais apporté était le livre de 70 pages Active Reader: And Other Cautionary Tales from the Book World que j'ai déjà mentionné. Lors du test du programme bêta Draft2Digital Print en 2019, je devais faire en sorte que la page compte au moins 70 pages. J'ai donc ajouté au recto et au verso du livre existant afin de remplir ces pages. L'une des choses que j'ai ajoutées était une page "Autres livres sélectionnés par Mark Leslie" tout au début.

Le vendeur travaillant à la caisse, qui avait parcouru les livres exposés, m'a demandé pourquoi je n'avais pas apporté un exemplaire de Snowman Shivers, qui figurait dans le carrousel des "collections de nouvelles". Elle a mentionné que cela avait éveillé son intérêt.

Je lui ai expliqué qu'il s'agissait d'un produit numérique, un livre électronique que j'avais créé et que j'avais l'intention de donner gratuitement afin que les gens puissent consulter mes écrits et, espérons-le, continuer à acheter un de mes livres.

Mais sa question m'a donné une idée.

J'avais créé cet eBook des années plus tôt et c'était un livre populaire; recueillant beaucoup d'accueil positif de la part des lecteurs.

Alors pourquoi n'en ai-je pas fait une version imprimée?

Eh bien, pour commencer, contrairement à *Active Reader*, il n'y avait que deux histoires, et elles étaient toutes deux plus courtes que les autres histoires. Donc, cela n'impliquent pas seulement quelques ajustements de formatage et l'insertion de quelques pages supplémentaires.

Afin d'obtenir le livre aux 70 pages nécessaires pour générer une copie imprimée via Draft2Digital Print, je devais ajouter quelque chose de plus.

La seule autre histoire courte de bonhomme de neige que j'avais écrite et publiée (et que je pourrais éventuellement republier) s'appelait *Impressions dans la Neige* et parlait du suicide chez les adolescents. C'était un conte sombre, et, bien que la fin soit positive, elle ne rentrerait pas dans le genre "humour noir" de quelque manière que ce soit.

Comme je me demandais ce que je pouvais faire, je me suis dit qu'il pourrait être intéressant d'explorer les bonhommes de neige dans la culture populaire, et peut-être même dans la culture historique. Après tout, puisque les histoires reposent un peu sur la compréhension et la reconnaissance par le lecteur de la chanson classique et du dessin animé *Frosty the Snowman*, il pourrait être amusant d'explorer d'autres tropes et apparitions de bonhommes de neige.

Je me suis mis à faire des recherches et j'ai trouvé toutes sortes d'articles et d'informations intéressantes sur les bonhommes de neige; à la fois des records du monde, d'autres faits intrigants et diverses apparitions de bonhommes de neige dans les bandes dessinées, le cinéma et la télévision.

Mais, comme le font souvent les projets créatifs, j'ai continué à trouver des moyens d'améliorer et de mettre à jour mon livre.

Au début de 2021, alors que je me préparais à faire un événement de feu de camp hanté virtuel avec les gens de Haunted Walks (Ottawa, Kingston, Toronto), ils m'avaient demandé de partager une compilation d'histoires de fantômes vraies et étranges de près de Sudbury, Ontario, mon ancien terrain de jeu. En plus des histoires de fantômes, des histoires d'OVNI et d'autres phénomènes inexplicables, j'ai inclus l'histoire familiale "Ce vieux chapeau de soie qu'ils ont trouvé".

Parce que la conférence était un événement virtuel, j'avais besoin de soumettre différentes images qui pourraient être montrées pendant que je lisais. (L'image contextuelle occasionnelle rend l'événement moins sta-tique que de simplement me regarder sur un écran tout en parlant ou en lisant).

J'ai contacté mon amie Nikolette Jones, une artiste ta-lentueuse, et lui ai demandé si je pouvais commander une œuvre d'art pour la lecture.

Elle a créé un croquis en noir et blanc dont elle m'a en-voyé une photo après l'avoir encré. Je suis immédiate-ment tombé amoureux de l'image et elle a continué à en-voyer des mises à jour à mesure qu'elle ajoutait en arrière-plan le paysage enneigé, les arbres environnants et enfin les couleurs.

Nikolette est une artiste brillante et talentueuse avec qui il est facile de collaborer et je suis ravie de voir son travail dans cette édition imprimée révisée du livre. Les images en noir et blanc que vous voyez dans ce livre ne rendent pas justice à ses magnifiques œuvres d'art. Vous pouvez voir la version spectaculaire en couleur de ses œuvres sur mon site Web à :

www.markleslie.ca/snowmanshivers

De plus, non seulement elle est artiste et illustratrice, mais elle est également professeur d'immersion française et passionnée de la langue française qui a gracieusement accepté de m'aider à traduire mes travaux écrits en français. Alors, bien que ce soit peut-être la cinquième mise à jour que j'ai apportée à la collection originale d'histoires de livres électroniques gratuits, j'ai continué à m'amuser à compiler les histoires, les contes derrière les histoires, ainsi qu'un bref aperçu des bonhommes de neige en général et en ajoutant quelques éléments visuels supplémentaires pour rendre la version imprimée encore plus attrayante.

Et j'espère que vous avez aimé les lire, maintenant dans les deux langues.

La couverture originale et le sous-titre de l'eBook
Couverture: photo par Greg Roberts

À PROPOS DE L'ARTISTE

Nikolette Jones est une artiste et enseignante titulaire d'un baccalauréat en éducation, spécialisée en éducation en immersion française. Elle a grandi à Ardrossan, en Alberta et réside actuellement à Edmonton. Elle trouve son inspiration dans la culture pop et les œuvres littéraires et utilise une variété de médias pour créer des peintures, des illustrations et des décorations pour la maison.

Elle a illustré la série de livres Nikki Knox de l'auteur canadien Shawn Bird, a créé plusieurs œuvres d'art commandées pour d'autres écrivains et est disponible pour des œuvres d'art personnalisées supplémentaires, des cours d'art privés et des soirées de peinture. Récemment, elle s'est mise au formatage de livres et, en collaboration avec l'auteur à succès Kat Flannery, a conçu et créé les couvertures avant et arrière ainsi que l'intérieur d'un livre d'invité de journal intitulé Just Be YOU par Emma Wood. Son projet le plus récent est de faire équipe avec son ami de longue date, Mark Leslie, en tant qu'artiste de couverture, illustrateur et traducteur de langue française pour sa série de nouvelles Snowman Shivers.

Vous pouvez en savoir plus sur Nikolette sur www.nikolettejonesart.ca.

A PROPOS DE L'AUTEUR

Mark Leslie, né et élevé à Sudbury, en Ontario, est écrivain, éditeur et libraire. Il a passé de nombreuses années à Ottawa, en Ontario et vit actuellement dans le sud de l'Ontario.

Vétéran de la librairie depuis plus de vingt ans, Mark a travaillé dans pratiquement tous les types de librairies, a siégé au conseil d'administration de BookNet Canada et a également été président de l'Association des libraires canadiens, a été directeur de l'autoédition et des relations avec les auteurs chez Kobo de 2011 à 2017 et est actuellement directeur du développement commercial pour Draft2Digital. Il a donné des conférences à travers le Canada et les États-Unis, à Londres, Paris et Francfort sur l'industrie de la librairie, de l'écriture et de l'édition.

Vous pouvez en savoir plus sur Mark et vous inscrire à sa newsletter sur www.markleslie.ca.

www.ingramcontent.com/pod-product-compliance
Lightning Source LLC
Chambersburg PA
CBHW020426130626
46549CB00010B/1231